होलू का दिमाग़ चलता है

होलू का दिमाग़ चलता है

प्रथम संस्करण - जनवरी, 2025

ISBN : 978-93-48497-96-3

प्रकाशक : अनबाउंड स्क्रिप्ट
2/41, अंसारी रोड, दरियागंज, दिल्ली - 110002
वेबसाइट : www.unboundscript.com
ई-मेल : books@unboundscript.com
फोन नं. : 011-35807601

by DIVIK RAMESH

मूल्य : ₹ 175/-

मुद्रक : विकास कंप्यूटर एंड प्रिंटर्स
गाज़ियाबाद, उत्तर प्रदेश

होलू का दिमाग़ चलता है

दिविक रमेश

कुछ कहना ज़रूरी है

यह मेरी नई कहानियों का नवीनतम संग्रह है। मुझे यह कहना ज़रूरी लग रहा है कि ये कहानियाँ खुद मेरे लिए अनूठी हैं। मेरी पहले की कहानियों से काफी अलग और हटकर। सच तो यह है कि ये मेरी पिछली कहानियों का अगला कदम है। नयापन कहने के ढंग में भी है। आपको वे पात्र भी बतियाते नजर आएँगे जिन्हें पहले बतियाते नहीं देखा होगा। ऐसे पात्रों की हरकतें भी बड़ी मज़ेदार लगेंगी। जैसे हवा ने चाँटा मारा। कहानियों में बहुत मज़ेदार संवाद और नाटकीयता न जाने कैसे आते चले गए और लिखे जाने के बाद मुझे भी चौंका दिया। लेकिन ऐसे अंदाज़ में कि अलग दुनिया के न लगें, हमारे बीच के ही लगें। एक कहानी ऐसी भी है जिसमें एक बच्चा अपनी शारीरिक कमी पर बहुत सुखद विजय पाता है।

यह कहानी है -भाड़ में जाए। और भई 'होलू' की तो बात ही मत पूछो। उसकी शरारत, उसका नटखटपन, उसकी सूझबूझ कहाँ से आई इसका तो मुझे भी नहीं पता। सच्ची इसका लेखक होकर भी। मुझे तो कहानी का शीर्षक रखना पड़ा- होलू का दिमाग़ चलता है।

बस अब और अधिक नहीं बताऊँगा। आप सबको पढ़नी भी तो है ये कहानियाँ। तो शुरु हो जाओ।

मैं अपने पाठकों का सदा आभारी रहता हूँ। आभारी तो उनका भी उतना ही होता हूँ जो मेरी रचनाओं को आप तक पहुँचाते हैं। सुंदर-सुंदर ढंग से। अनबाउंड स्क्रिप्ट का आभार।

-दिविक रमेश

divikramesh34@gmail.com

अनुक्रम

होलू का दिमाग़ चलता है

लू लू को तो सब जानते हैं। वही अजीबोगरीब और प्यारी हरकतें करने वाला। थोड़ा नटखट, थोड़ा स्मार्ट, लेकिन बहुत ही प्यारा। कुछ गलती हो जाए तो झट मानने वाला। सबका अच्छा चाहने वाला। उसी के साथ ने होलू को भी काफी नटखट और स्मार्ट बना दिया था। अब जब देखो तब होलू का दिमाग़ भी चलने लगता था। अब होलू भी क्या करे। दिमाग़ चलते ही कल्पना के घोड़े, न जाने कहाँ से आकर, सरपट दौड़ने लगते। बहुत बार तो ऐसी बातें करता कि उसकी माँ हैरान रह जाती। दाँतों तले उंगली ही दबा लेती। परेशान भी हो जाती और डर भी जाती। सोचने लगती पता नहीं क्या हो गया है उसके होलू को? किसी ने जादू-टोना

तो नहीं कर दिया? वह बेचारी इतनी पढ़ी-लिखी और समझदार तो थी नहीं। जानती ही नहीं थी कि जादू-टोना कुछ नहीं होता। शहर से सटे एक कस्बानुमा गाँव में था उसका घर। उसी में अकेली अपने बेटे होलू के साथ रहती थी। बहुत पैसे वाली तो नहीं थी। मेहनत-मजदूरी कर के कमाती थी। पर चाहती थी कि होलू पढ़-लिख ले। सो होलू को शहर के एक स्कूल में डाल दिया था। स्कूल की ओर से गरीब बच्चों के लिए भी बिना फीस के पढ़ने की सुविधा थी। उसी स्कूल में लू लू भी पढ़ता था। लू लू शहर में रहता था। पैसे वाले घर से था, पर होलू का बहुत अच्छा दोस्त बन गया था। दोनों की बहुत पटती थी आपस में।

उस दिन की बात बता ही दूँ। होलू कहीं से कूदता-फाँदता घर आया। देखा माँ गेहूँ से कंकड़ चुन कर निकाल रही थी। होलू ने बहुत कोशिश की सामान्य रहने की। पर क्या करता। उसका तो दिमाग़ चलने लगा। माँ की पीछे से कौली (दोनों बाहों में लपेट लेना) भर ली। बहुत ही प्यार से। माँ ने कहा- "क्या है होलू? काम करने दे न मुझे! कुछ चाहिए क्या? जा रसोई से गाजर का हलवा लेकर खा ले।" होलू कहाँ सुनने वाला था। उसका दिमाग़ तो न जाने किन-किन रास्तों पर चल निकला था। गम्भीर होकर बोला-"माँ अगर मेरी चोंच होती तो मैं तेरे ये दाने खा जाता न?"

होलू के प्रश्न पर माँ को चौंकना ही था। सो चौंकी। बोली- "होलू तू यह कैसी बे सिर पैर की बात कर रहा है? तू आदमी का बच्चा है। तेरी चोंच कैसे हो सकती है!

होलू ने अपनी बात को आगे बढ़ाते हुए कहा – "माँ मेरी ही नहीं, आपकी भी चोंच होती तो?"

"तो क्या?" – माँ ने पूछा।

"तो आप अपनी चोंच से गेहूँ का दाना मेरी चोंच में डालतीं। हैं न ?" – होलू ने आँखें मटकाते हुए कहा। थोड़े शरारती अंदाज़ में।

माँ ने हाथ को थोड़ा पटकते हुए कहा- "होलू तू क्या पगला गया है। बताया न। हम मनुष्य हैं। मनुष्य की चोंच नहीं होती।"

होलू ने माँ की ओर ऐसे देखा जैसे माँ को कुछ नहीं आता जाता। बोला– "आप समझती क्यों नहीं माँ। मैने कब कहा कि मनुष्यों की चोंच होती है। मैं तो बस यही सोच रहा था। आप और मैं यदि पक्षी होते तो हमारी भी चोंच होती। है न? और कहीं गेहूँ के दाने दिख जाते तो आप अपनी चोंच से मेरी चोंच में दाने डालतीं न?"

होलू की माँ ने होलू की बात सुनी तो मन ही मन खुश हो गई। सोचा कि उसके होलू का दिमाग़ कितना अच्छा चलता है। कितना सूझ-बूझ वाला है होलू! बोली- "होलू यह बात तो तुम्हारी सही है। हम पक्षी होते तो ऐसा ही होता।"

"माँ मैं पक्षी होता तो जब भी कोई पक्षी भूखा दिखता तो अपनी चोंच से अपने दानों में से कुछ उसे भी चुगा देता। कितना अच्छा होता न माँ?"

माँ की आँखें गीली हो आईं। सोचा कितना भला है न उसका होलू। दूसरों के बारे में कितना अच्छा सोचता है। बोली– "होलू कितनी अच्छी बात कही है तूने। सुन कर बहुत अच्छा लग रहा है मुझको। तू बहुत अच्छा

मनुष्य है। तभी तो पक्षी बनकर भी इतना अच्छा होने की सोच रहा है। मुझे नहीं पता पक्षियों में ऐसा होता भी है कि नहीं।"

माँ ने होलू को अपनी ओर खींच कर उसका सिर चूम लिया था। होलू को बहुत अच्छा लगा था। माँ शांत दिख रही थी। पर होलू का दिमाग़ तो अभी थमा ही नहीं था। वह तो चलता ही जा रहा था। फिर कहीं से एक बात टपक पड़ी। सीधे होलू के दिमाग़ में। अब उसे निकालना तो पड़ेगा ही। होलू ने शांत दिख रही माँ से अचानक पूछा, नदी की लहरों की तरह हाथ हिलाते हुए- "अच्छा माँ, बताओ तो नदी कहाँ से आती है?"

"प्राय: पहाड़ों से।"– माँ ने कहा। इस बार वह उतना नहीं चौंकी थी।

"और नदी जाती कहाँ है?"- होलू ने अगला प्रश्न दागा। दागा इसलिए कि उसने अपना प्रश्न गर्दन हिलाते हुए ऐसे पूछा था जैसे उसकी माँ को जवाब नहीं आता।

"प्राय:समुद्र में।"- माँ ने सहजता से जवाब दे दिया।

होलू को थोड़ी निराशा हुई। माँ का इतना सहज और शांत होना उसे बिलकुल अच्छा नहीं लग रह था। उसे तो उसकी बातों पर चौंकती हुई माँ ही अधिक अच्छी लगती है। और शायद उसके चलते हुए दिमाग़

को भी। होलू को लग गया था कि उसका चलता हुआ दिमाग़ भी थोड़ा परेशान है। तभी चलते हुए दिमाग़ को कुछ सूझा। उसने होलू को थोड़ा झकझोरा और एक नया 'आइडिया' दिया। होलू ने चलते हुए दिमाग़ की ओर आँख मारते हुए झट उसे प्रश्न बनाया और माँ से पूछा– "अच्छा माँ सोचो, नदी समुद्र से निकलती और पहाड़ की ओर जाती तो?"

इस बार माँ पहले ही की तरह चौंक गयी। होलू और उसके चलते दिमाग़ को मज़ा आना ही था। सो आया। माँ की ओर होलू ने ऐसे देखा जैसे कोई बहुत बड़ा विजेता हो। सोच रहा था कि इस बार माँ को अच्छी पटकनी दी।

"यह कैसा सवाल है होलू?"- माँ ने थोड़ा झुंझला कर पूछा और आगे कहा– "नदी पहाड़ से उतर कर समुद्र की ओर जाती है। तू तो उलटी गंगा बहा रहा है। ज़रा सोच तो। चीजें ऊपर से नीचे की ओर आती हैं या नीचे से ऊपर की ओर जाती हैं? नीचे के समुद्र से भला नदी ऊपर पहाड़ पर कैसे जा सकती है?"

यह क्या! माँ की बात सुनकर न होलू को कुछ हुआ था और न ही उसके चलते दिमाग़ को। लगा जैसे वे अपने पूछे गए सवाल पर ही अड़े थे।

होलू ने हाथ हिला-हिला कर और बात को खींचते हुए अंदाज़ में कहा– "माँ, आप भी कितनी भोली हैं।"

माँ ने अचम्भे वाली परेशानी से होलू की ओर देखा। होलू के मन में क्या है, यह सोचने की कोशिश की।

थोड़ा गम्भीर होकर होलू बोला- "अच्छा बताओ माँ, जब मैं छत पर होता हूँ तो नीचे कैसे आता हूँ?"

"जीने से उतर कर!"- माँ का तुरंत जवाब था।

"और छत पर जाना चाहूँ तो?- होलू का अगला प्रश्न था।

"तो जीने से चढ़कर।"- माँ ने जवाब दिया।

"तो सोचो न माँ। नदी पहाड़ से उतर कर समुद्र तक आ सकती है तो समुद्र से चढ़कर पहाड़ तक भी तो जा सकती है। अगर उसे जीना मिल जाए।"– होलू ने किसी वैज्ञानिक की मुद्रा बनाते हुए कहा। इस समय होलू खुद को बहुत समझदार समझ रहा था। उसे लग रहा था कि चलता हुआ दिमाग़ भी उसकी पीठ थपाथपा रहा था।

तभी माँ ने मुँह को थोड़ा लम्बा करते हुए कहा–"यह तू क्या ऊटपटांग सोचा करता है होलू। ऐसा नहीं होता।"

होलू उठा और अंदर से एक कागज, लोहे की पिन और चुम्बक लेकर आया। माँ को कुछ भी समझ नहीं आ रहा था। होलू ने कागज को ऊपर से नीचे की ओर पकड़ा। माँ से कहा कि एक हाथ कागज पर सुई को लगा कर दूसरी ओर से उसे चुम्बक से छुआ दे। फिर चुम्बक को ऊपर नीचे करने को कहा। चुम्बक ऊपर जाता था तो पिन ऊपर जाती और चुम्बक नीचे लाया जाता तो चिपकी हुई पिन भी नीचे आ जाती।

माँ ने पूछा–"होलू तू ऐसा दिखाकर बताना क्या चाहता है।"

"यही माँ कि चुम्बक की तरह हमें कोई तरीका मिल जाए तो नदी को भी सागर से पहाड़ की ओर बहाया जा सकता है।" होलू ने किसी बड़े-बूढ़े की तरह कहा।

"अरे बुद्धू, नदी को ले जाने वाला चुम्बक भला होता कहाँ है! तेरा दिमाग़ कैसी अनहोनी बात सोच रहा है!" माँ ने थोड़ा परेशान होकर लेकिन समझाने की मुद्रा में कहा।

"तो मैंने कब कहाँ माँ कि नदी को ले जाने वाला चुम्बक होता है। और फिर मैंने कब कहा कि नदी समुद्र से निकल कर पहाड़ तक पहुँच ही जाएगी।"– होलू ने अपनी बात रखी।

माँ चुप रही तो होलू ने आगे कहा– “मैंने तो बस इतना कहा कि सोचो अगर नदी समुद्र से निकल कर पहाड़ की ओर जाए तो?” थोड़ा रुककर फिर बोला–“माँ, सोच तो सकते हैं न हम! सोच तो यह भी सकते हैं कि उलटा जाते समय नदी किस-किस राह से जा सकती है। पुरानी जगहों से या एकदम नई जगहों से। “होलू थोड़ा रुका और फिर कहा–“माँ अच्छी बात यह है नदी इधर से उधर जाए या उधर से इधर, रहेगी नदी ही। सबकी अपनी, सबका भला करने वाली।”

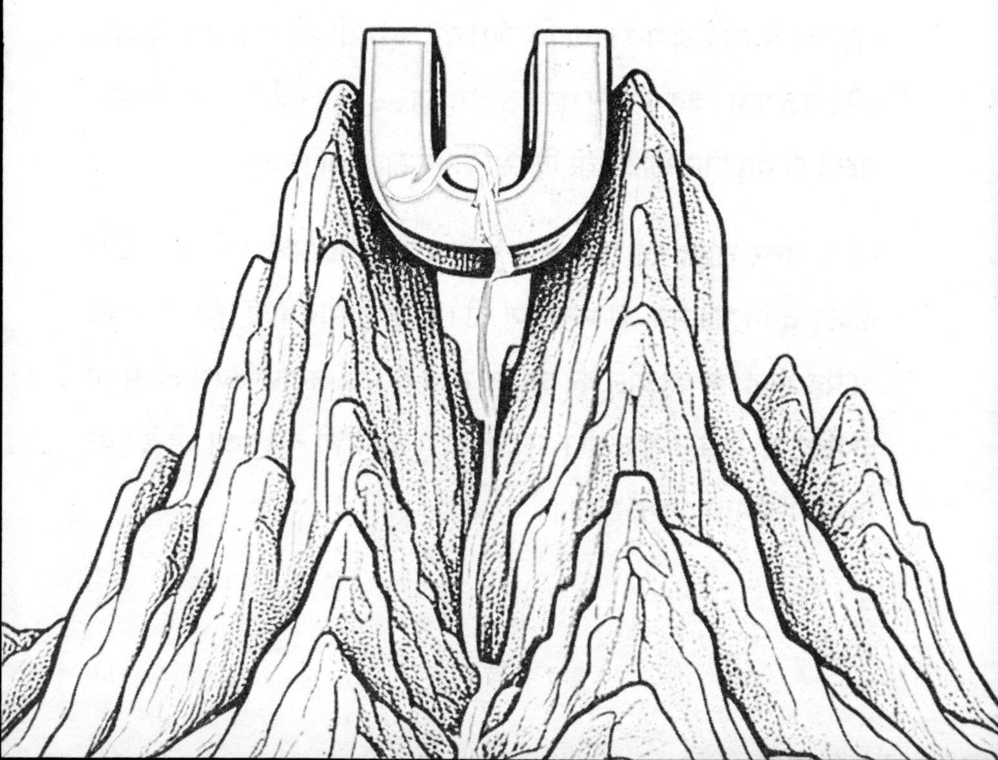

माँ ने प्यार से होलू की ओर देखा। उसके सिर पर हाथ रखा। कहा-"मेरे होलू तू जल्दी से बड़ा हो जा। फिर सोच-सोच कर मज़ेदार कहानियाँ लिखना। कितनी अच्छी सोच है न तेरी! सब तेरी मज़ेदार कहानियों को पढ़ेंगे। सोच, तब तुझे कितना मज़ा आएगा। जाने कैसा-कैसा लगेगा।"

"कैसा लगेगा माँ?"– होलू ने अपने मासूम से चेहरे से पूछा।

"मुझे क्या पता! मैं तो कहानी लिखती नहीं। तू ही सोच। कुछ पता चले तो मुझे भी बताना।"– माँ ने कहा।

होलू का चेहरा देख कर लगा कि जैसे वह कुछ सोचने लग था। वह उठा और चल पड़ा। वह कुछ न कुछ सोचेगा ज़रूर। यह नहीं तो वह। दिमाग़ चलते ही वह फिर कोई नया किस्सा लेकर चला आएगा।

माँ ने ज़रूर राहत की साँस ली। गेहूँ के दानों से अभी उसे कुछ और कंकड़ चुनने थे। मन ही मन खुश थी। होलू के सोचने के गुण पर। सच तो यह भी है कि वह होलू की अगली सोच के पंख लगाए किस्से को सुनने के लिए अभी से उत्सुक थी। उत्सुक तो यूँ आप भी नज़र आ रहे हैं। पर अभी थोड़ा सब्र करना होगा।

हवा ने चाँटा मारा

'मुझे चाँटा क्यों मारा हवा?'- अर्श ने मुँह बना कर पूछा। कोई जवाब नहीं आया। उसने सोचा। सोचा तो मानो 'सोचा' ने ही बताया- हवा को बोलना कहाँ आता है। मनुष्यों की तरह। फिर वह कैसे जवाब देगी। उसे तो सूँसूँ...सनसन...सनन...सनन..घूँघूँघूँघूँ करना आता है या चुपचाप गुम होकर रहना। अर्श चुप हो गया। दिमाग़ था कि वह चलता ही रहा। भीतर ही भीतर।

हवा तेज चली थी। इतनी तेज कि लगे जैसे चाँटा मार रही हो। अर्श को ऐसा ही तो लगा था। ऐसे में उसका परेशान होना ज़रूरी था। वैसे भी अर्श को क्यों- क्या जैसे सवाल करने में बड़ा मज़ा आता था। बस कोई घटना घट जानी चाहिए। थोड़ी अलग-सी। फिर तो उसे उसी घटना की

रट लग जाना तय है। हर किसी को वह घटना बताता भी फिरेगा और उसके बारे में पूछता भी रहेगा। खोद-खोद कर। जाने कब तक। नानी के शब्दों में कहूँ तो वह कान खाकर भी पीछा छोड़ दे तो भी समझो बहुत कम में छूट गए। सच तो यही है। जब तक उसे उत्तर न सूझे या न मिले तो उसे लगता था कि जैसे घटना आसमान-सी उसके सिर पर बोझ बन कर बैठ गयी है।

हवा ने चाँटा मारा हो और अर्श चुप होकर रह जाए, यह तो हो ही नहीं सकता था। उसके मन ने उसे बेचैन देखा तो मानो कान में कहा- अर्श भैया खूब डूब कर सोचो। मैं तुम्हारे साथ हूँ। अर्श सचमुच डूब कर सोचने लगा था। लगा जैसे वह सोच की लहरों में फँसता गया हो। सोच की एक लहर उसे इधर पटकती तो दूसरी उधर। पर उसने डरना तो सीखा ही नहीं था। उसका मानना भी तो था कि जो काम करो पूरे मन से करो। माँ की कही यह बात अब उसकी अपनी बात जो हो चुकी थी। माँ ने तो यह भी बताया था कि हर आदमी को अपने ठीक काम को करने पर ध्यान देना चाहिए। दूसरे गलत लोग क्या करते हैं या क्या कहते हैं उसकी परवाह किए बिना।

अर्श को जाने क्यों लगा कि हवा भी कुछ सोचने लगी है। असल में अब हवा बहुत हद तक शांत हो चुकी थी। कुछ-कुछ मीठी-मीठी भी। धीरे-धीरे बहने लगी थी।

अर्श अब भी परेशान था। अब इसलिए। उसे लगा कि हवा ने उत्तर दिया हो तो! अपनी ही भाषा में सही। और वह समझ ही नहीं पाया हो। क्या समझेगी हवा। नासमझ! 'पर मैं तो समझदार हूँ', अर्श ने तुरंत सोचा। रास्ता तो निकालना ही होगा।

उसके दिमाग़ में तो बस एक ही सवाल चल रहा था- 'हवा तुमने मुझे चाँटा क्यों मारा?' पर सोच भी लगातार रहा था।

आखिर उसे सूझ ही गया। वह खुश हुआ। मन भी खुश हुआ। सोच तो नाचने को ही तैयार थी। सच तो यह है अर्श को मज़ा भी आया और आराम भी मिला। एक बार तो हवा की नकल ही कर बैठा। मुँह से सीटी की सी हवा की आवाज़ निकाल कर।

असल में उसे एक आइडिया आया था। उसने सोचा कि क्यों न वह हवा भी बन जाए। नाटक और फिल्मों में दो भुमिकाएँ निभाने वाले अभिनेता की तरह। अर्श और हवा! अर्श पूछेगा और हवा जवाब देगी।

अर्श की भूमिका में उसने सवाल किया-'हवा तुमने मुझे चाँटा क्यों मारा था?' फिर थोड़ा घूम कर दोनों बाहों और शरीर को हिला-हिला कर हवा की भूमिका में आ गया। थोड़ी देर चुप रहा। जिधर से अर्श बोला था उस ओर कुछ देर तक देखा। फिर बोला। यानी बोली। हवा जो बना था।

आवाज़ को थोड़ा बदल कर-' मैं क्यों मारूँगा तुम्हें चाँटा।' तभी, पता नहीं क्या बनकर, अर्श के मुँह से निकला-'धत्त तेरे की! यह क्या कर गया। अरे भई हवा 'मारूँगा' नहीं 'मारूँगी बोलेगी। पवन होती तो अलग बात थी। सो हवा की भूमिका में अर्श फिर बोला, 'मैं क्यों मारूँगी चाँटा?'

अर्श ने अर्श की भूमिका में लौट कर कहा, 'चाँटा ही तो मारा था हवा। देखो मेरा गाल अभी तक दुख रहा है।'

हवा की भूमिका में आकर कहा, 'ओह! मैं तो ज़ोर-ज़ोर से चल रही थी। तुम्हें मेरा चलना चाँटा लगा?'

अर्श की भूमिका में कहा- 'हाँ, तेज चलती ही क्यों हो?'

हवा की भूमिका में अर्श बोला- 'मैं क्यों बताऊँ। दबाव वाली बात। वही वायुमंडलीय दबाव की बात। अपनी विज्ञान की पुस्तक पढ़ कर समझ लो न?'

'अरे हाँ, मैं तो भूल ही गया था। अपनी दोस्त विज्ञान की पुस्तक को'- अर्श ने कहा।

'तेज हवा से कैसे बचा जाए, यह भी जान लेना।' -हवा ने मानो हँसकर कहा। वैसे हँसा तो अर्श ही था। हवा की ओर से।

हवा की भूमिका में अर्श के चेहरे पर थोड़ा दुख झलका। प्यार वाला। अर्श की भूमिका वाले अर्श की ओर हाथ बढ़ा कर जैसे उसके गाल को प्यार से छुआ। लगा जैसे उसकी आँखें गीली हो गई थीं। बोली- 'मुझे माफ कर दो अर्श। मैं क्या करूँ। समझ ही गए होगे कि मैं यह सब जान बूझकर नहीं करती। मेरा सहज रूप है। इसके पीछे कारण होते हैं। अपना ध्यान तुम्हें ही रखना होगा।'

अर्श की भूमिका में अर्श को बहुत अच्छा लगा। उसने बस इतना कहा- 'हवा, तुम मेरी दोस्त बनोगी न?'

हवा की भूमिका में हर्ष ने कहा, 'हाँ'।

दोनों गले मिल गए। कैसे? मैं क्यों बताऊँ। इतना तो खुद ही सोच लो। मुझे पता है। तुम नहीं हो बछिया के ताऊ। अर्श की तरह समझदार हो।

लो, तुम्हारे चक्कर में भूल ही गया। बता दूँ कि अर्श अब भी परेशान था। पर परेशान वाला परेशान नहीं। सबको अपनी समझदारी 'शेयर' करने की जल्दी वाला परेशान। पर अब तो देर बहुत हो गई है। कल सुबह तक तो इंतजार करना ही होगा। वह खुश ज़रूर था। उसकी समझ में हवा के चाँटे मारने का कारण जो था।

चलो बता ही देता हूँ

चलो बता ही देता हूँ। सोचा तो यही था नहीं बताऊँगा किसी को भी। चाहे कुछ हो जाए। ऐसा क्यों सोचा था, इस बारे में फिर कभी। मौका देखकर। बस संकेत कर दूँ। मेरी बात जानकर कोई मखौल न उड़ाने लगे। मैं तो यह भी नहीं जानता कि किसी के मखौल उड़ाने से हम क्यों डरते हैं। कोई उड़ाए तो उड़ाए। हम पक्के होकर अपना मखौल उड़ने ही न दें तो?

दोस्त श्यामू ने बतायी थी यह बात।

बात कोई बहुत खास भी तो नहीं थी। बस इतनी भर ही तो थी। अच्छा आप ही सोचो! क्या हो सकती है? भले ही मेरी न सही। हो सकता है अपनी कोई ऐसी बात याद आ जाए जिसे आप मखौल उड़ने के भय से अब तक दबाए बैठे हों।

चलो बताता हूँ। मैं यानी आप सबका प्यारा लू लू मोबाइल पर बिजी था। कुछ-कुछ वैसा जैसा माँ की निगाह में मोबाइल पर लगा होना होता है। आपमें से बहुत से समझ गए होंगे।

कुछ और समझा देता हूँ। आपमें से कुछ की माँ ने मेरी माँ की तरह कहा होगा न। मोबाइल पर ही लगा रहेगा कुछ और भी

करेगा? मैं भले ही कहता रह जाऊँ मैं बिजी हूँ। पर माँ की जबान पर बिजी शब्द चढ़े तब न!

खैर मैं बिजी था। तभी देखा। एक पुस्तक बार-बार, उचक-उचक कर कुछ कहना चाह रही थी। ऐसा मुझे लगा था। मुझे नहीं पता, कोई और वहाँ होता तो उसे भी वैसा लगता या नहीं। मैंने टाल दिया। पुस्तक की ओर देख कर भी जैसे नहीं देखा। नहीं जानता पुस्तक को मेरा टालना कैसा लगा होगा। पर मैं जानता हूँ। माँ जब अपने दोस्तों में बैठती है, और मैं उचक-उचक कर, बार-बार कुछ कहना चाहता हूँ और माँ टाल देती है, देख कर भी नहीं देखती तो मुझे बहुत बुरा लगता है। पता नहीं पुस्तक मेरी तरह थोड़ा नाराज़ होकर, थोड़ा गुस्सा होकर अकेले में बैठती है कि नहीं। पर मुझे लगा था कि पुस्तक भी मेरी ही तरह अकेले में बैठ गयी होगी। थोड़े गुस्से में। थोड़ी नाराज़। ऐसा हुआ था कि नहीं मैं नहीं बता सकता। न ही इसका कोई प्रमाण दे सकता हूँ। कोई माने तो माने, न मानना चाहे तो न माने।

तभी पता नहीं क्यों मेरे मन में आया कि मैं पुस्तक की सुन ही लूँ। कितना अच्छा लगेगा न उसे, अगर मैं उसकी सुन लूँ। मुझे भी तो कितना अच्छा लगता है जब कोई भी मुझे सुन लेता है। माँ ने जब-जब मुझे सुना मुझे

माँ बहुत-बहुत अच्छी लगा है। मैंने भी तो जब भी माँ को अच्छे से सुना है तो माँ ने कितना-कितना प्यार दिया है।

मैंने पुस्तक की ओर देखा। जानते हो किस तरह देखा। ज़रा सोचो। ठीक से सोचोगे तो ज़रूर समझ जाओगे। चलो परीक्षा नहीं लेता। परीक्षा लेना भले ही अच्छा लगता हो किसी को पर उसे देना किसे अच्छा लगता है। मुझे तो अच्छा नहीं लगता। चलो, खुद ही बता देता हूँ। मैंने वैसे ही देखा जैसे गलती हो जाने पर, अच्छे लोग माफी माँगने के भाव से देखते हैं। प्यार से।

मुझे लगा कि पुस्तक को मेरा वैसे देखना बहुत-बहुत अच्छा लगा। अब यह मत पूछना कि वैसा सचमुच में हुआ था कि नहीं। मुझे लगा था तो बस लगा था। मुझे तो पुस्तक बहुत खुश भी लग भी रही थी। सच तो यह है कि मुझे तो यह भी लगा था कि पुस्तक झूमने लगी थी। अपने पन्नों को फड़फड़ाती। मुझे याद आया अपना झूमना। हाथ हिला-हिलाकर, गर्दन घुमा-घुमा कर अपना झूमना। तब मेरा रूठना, मेरा क्रोध करना, मेरा नाराज़ होना न जाने कहाँ जाकर छिप जाते हैं। दूर-दूर तक नहीं दिखते। गधे के सींग की तरह। गधे के सींग वाला मुहावरा मुझे कितना अच्छा लगा था न, एकदम मज़ेदार, जब मेरी टीचर जी ने कक्षा में समझाया था।

पर एक बात बताऊँ। प्रॉमिस करो हँसोगे नहीं। मुझे तो बिना सींग के ही गधा बहुत प्यारा लगता है। अगर उसके सींग होते तो लगता है मुझे गधा बिलकुल पसंद नहीं आता। वैसे ही, जैसे यदि मेरे सींग होते तो खुद मुझे अच्छा नहीं लगता। औरों को कैसा लगता नहीं जानता। एक बात और बताऊँ। जब कोई गधे को उसकी इंसल्ट करने के लिए गधा कहता है न तो मुझे बिलकुल अच्छा नहीं लगता। मुझे तो लगता है कि गधा हो या शेर दोनों ही ज़रूरी हैं। मुझे याद है। एक बार जब गुस्से से मुझे 'किसी' ने गधा कह कर मेरा अपमान करना चाहा था तो बुआजी ने प्यार से यही बात समझाई थी। वह 'किसी' कौन था, यह मैं नहीं बताऊँगा। आप पूछना भी नहीं। बस इतना बता दूँ कि उस 'किसी' को मैं प्यार बहुत करता हूँ। जैसे गधे का बच्चा अपने पापा से करता होगा।

आप यकीन करो या मत करो, पर बताऊँगा ज़रूर। तभी पुस्तक ने प्यार वाली नाराज़गी से पूछा था, 'लू लू क्या मैं तुम्हें अच्छी नहीं लगती?' पहले तो मुझे समझ में ही नहीं आया कि पुस्तक ने ऐसा प्रश्न क्यों किया। माँ भी तो कभी-कभी ऐसा प्रश्न पूछ लेती है। जवाब न दो तो माँ को भी तो कहाँ अच्छा लगता है। जवाब तो मुझे पुस्तक को भी देना ही होगा। बताना होगा कि जब आप हमारे पसंद की कहानी, कविता, नाटक,

संस्मरण आदि पढ़ने या सुनने का अवसर देती हो तो बहुत-बहुत अच्छी लगती हो। हाँ जब पढ़ाई की पुस्तक बन कर ज़रूरी होकर भी कभी-कभी दुखी करने लगती हो तो अच्छी तो लगती हो पर उतनी अच्छी नहीं। जाने मुझे क्यों लगा था कि मेरी बात सुनकर पुस्तक को बिलकुल बुरा नहीं लगा था। बस वह मुस्कुरा दी थी। ऐसा भी लगा था।

पता नहीं क्यों मुझे एकदम से, किसी के ज़ोर-ज़ोर से हँसने की आवाज़ आने लगी। इधर-उधर देखा तो मैं दंग रह गया। देखा मेरा मोबाइल हँस रहा था। मैंने उसे चुप कराते हुए पूछा, 'तुम्हें क्या हुआ?' मोबाइल कुछ देर चुप ही रहा। लगा कि फिर धीरे-धीरे बोला, 'तुम भी वही हो जो तुमने पुस्तक के लिए कहा है। लेकिन अपनी तरह से। और सच तो यह है कि मैं भी वही हूँ। लेकिन अपनी तरह से। हम सब वही हैं।' मैंने आश्चर्य और जिज्ञासा के साथ मोबाइल की ओर देखा तो उसने आगे कहा, ऐसा मुझे लगा, 'हम अच्छे भी है, बहुत अच्छे भी है और ज़रूरी भी। बस एक बात और जोड़ना चाहूँगा कि कभी-कभी हम बुरे भी हो जाते है, जब हम बुरा काम करने लगते हैं।'

मैं तो और अधिक चौंक गया था। तभी मानो पुस्तक बोली, 'मोबाइल ने बहुत पते की बात कही है लू लू! कई बार हम औरों के कारण भी बुरे हो

जाते हैं। सोचो अगर कोई लेखक मुझ पुस्तक में बहुत गलत और खराब बातें लिख दे तो मैं खराब और गंदी ही कहलाऊँगी न? कोई आदमी मोबाइल में बहुत कुछ गंदा-गंदा भर दे तो मोबाइल को ही गंदा कहा जाता है न। तुम भी किसी के कहने से या किसी को देखने से गलत करोगे तो गलत ही कहलाओगे न?'

मैं अब ध्यान से सुन रहा था। समझ भी रहा था। अब तो यह भी लगा था कि जैसे पुस्तक माँ बन गई हो और माँ की तरह मुझे गले भी लगा लिया हो। माँ की ही तरह पुस्तक ने आगे कहा था, 'लू लू किसी भी चीज का कैसा और कितना उपयोग करना चाहिए यह भी ज़रूरी होता है। मोबाइल का ठीक से उपयोग नहीं करोगे तो भी नुकसान होगा और पुस्तक को गलत-सलत ढंग से लेटकर या कम रोशनी में पढ़ोगे तो भी अपनी आँखें और सेहत खराब करोगे। इसीलिए हमें अपने बड़ों के अनुभवों को भी सुन लेना चाहिए।'

सच बता रहा हूँ कि मुझे यही लगा था कि मैं सब बातें अच्छी तरह समझ गया हूँ। पुस्तक थोड़ी पढ़ाई वाली बात करती ज़रूर लगी थी, तो भी। ऐसा हुआ था कि नहीं, मैं नहीं बता सकता। कम से कम अभी और आज तो नहीं।

माँ मैं जाग गया हूँ

मनीष चुपचाप बैठा था। रूठा हुआ जो था। क्यों रूठा था, ठीक से तो नहीं पता। हो सकता है कि उसकी कोई बात न मानी गयी हो। या यूँ ही मन हो आया हो रूठने का। जो भी हो, बस समझ लो कि वह रूठा था। रूठा न होता तो भला ऐसे चुपचाप बैठता! सामने पड़ी भोजन की थाली को बस टुकुर-टुकुर, देखता भर थोड़े ही रहता। टूट न पड़ता।

हाँ, सामने भोजन की थाली थी। उसमें सब-कुछ तो उसकी पसंद का था। मन तो यही हो रहा था कि झट से खा ले। पर खाए तो खाए कैसे। लग रहा था जैसे मन के सामने बड़े-बड़े लोहे के दरवाज़े बंद थे। और यह

भी तो लग रहा था कि जैसे बड़ी-बड़ी मूछों वाले द्वारपाल भी हथियार लिए खड़े थे। लोहे के दरवाज़े खोले तो कैसे खोले।

सोचा कोशिश तो करनी चहिए। सब ही तो जब-तब यही कहते हैं कि कोशिश ज़रूर करनी चाहिए। उसने तो पढ़ा भी है -कोशिश करने वालों की हार नहीं होती। अभी सोच ही रहा था कि फुदक-फुदक कर कोशिश आ खड़ी हुई सामने। मुस्कुराती हुई। मुट्ठियाँ ताने। मनीष को तो चौंकना ही था और खुश भी होना था। सो हुआ।

कोशिश ने थोड़ा मटक कर, थोड़ा उछल कर कहा-'लो आ गई। करो मुझे। तुम्हारा पूरा साथ दूँगी। करो! करो! करो। कोशिश करो। सोचो मत!

"हाँ, हाँ करता हूँ।" मनीष ने कहा।

यह क्या तभी सामने खुशी आ खड़ी हुई। खिलखिलती हुई। नाचती हुई। खुशी कोशिश की अच्छी सखी जो थी। जहाँ कोशिश वहाँ खुशी। बोली- "अब सखी कोशिश की बात मान ही लो। करो न उसे। खुशी के होंठों पर एक गाना भी मंडराने लगा था-

कर लो कोशिश, कर लो कोशिश
अगर चाहते मिले खुशी तो।
देर हुई तो पछताओगे
खो दोगे सच मुझ खुशी को।

मनीष को खुशी का गाना अच्छा लगा। उसने मन के आगे भिड़े लोहे के बंद दरवाज़े को देखा। और खोलने की कोशिश की। हाथ बढ़ाया। पर यह क्या! यह कैसी आवाज़ है। कौन गा रहा है-

रुको, रुको यह क्या करते हो।
भूल गए क्या तुम रूठे हो।
जब तक बात नहीं मनेगी
कैसे कोशिश कर सकते हो।

मनीष ने देखा। सामने गुस्सा पूरे गुस्से में खड़ा था। बोला- 'पागल तो नहीं हो गए हो? यह क्या करने लगे हो? मैं कब से तुम्हारा साथ दे रहा हूँ। भूल गए? मुझसे बिना पूछे ही कोशिश करने लगे थे। भूख के गुलाम हो गए हो क्या? अपनी इज्जत-बेइज्जति का कुछ ध्यान है भी कि नहीं? अभी चूक हो जाती तो सब किए कराए पर पानी फिर जाता। मत भूलो,

तुम रूठे हो। और गुस्सा भी हो। किसी के मनाए बिना तुम कैसे मन सकते हो।

“लेकिन मुझे भूख लगी है। और भोजन भी तो मेरी पसंद का है', मनीष ने पूरा दम लगा कर कहा। थोड़ा झुंझलाकर भी। तभी भूख भी सामने आकर गाने लगी-

भूख लगी तो खाना खाओ
गुस्से को तुम दूर भगाओ।
सोचो अगर मैं कुट्टि कर दूँ
क्या करोगे ज़रा बताओ।
कभी-कभी गुस्सा ही हमको
गलत राह पर ले जाता है।
सही-गलत की समझ न हमको
कभी नहीं करने देता है।

मनीष को भूख की बात बहुत अच्छी लगी। एकदम अपनी-सी। वह सोचने लगा। सोचते-सोचते उसने सोचा। मैंने माँ से कहा था कि मुझे मँहगा वाला मोबाइल चाहिए। एकदम वैसा जैसा उस आंटी के बच्चे के

पास है जिनके घर में आप काम करती हैं। उस दिन देखा था मैंने जब आप मुझे साथ ले गई थीं। माँ ने कहा था, बेटा हमारे पास इतना पैसा नहीं है। तुम्हारे पापा रिक्शा चलाते हैं और तुम जानते हो कि मैं घरों में काम करती हूँ। किसी तरह हम तुम्हें पढ़ा रहे हैं। स्कूल भेज कर। खूब पढ़ो और बड़े आदमी बनो। तब ले लेना मँहगा मोबाइल भी। अपनी कमाई से।

मनीष को यह भी याद आया कि जब उसने जिद की तो माँ को थोड़ा गुस्सा भी आया था। उसके बाद वह भी रूठ गया था। लेकिन, उसको तभी एक कविता भी याद हो आई, जो माँ ने ही उसे सुनाई थी –

दुनिया में ऐसा होता
माँ प्यार जब आता तुमको
नाक से नाक भिड़ाती हो न!
प्यार में मेरे माँ तुम तो
कैसे बिछ-बिछ जाती हो न!

प्यार अगर ज्यादा आ जाए
तो चुम्मी भी ले लेती हो।
और और ज्यादा आ जाए
बाहों में भी कस लेती हो।

माँ मुझको अच्छा लगता है
जब आँखों में प्यार देखता।
पर माँ डर भी तो जाता हूँ
गुस्से में जब तुझे देखता।

कितना अच्छा होता न माँ
अगर नहीं गुस्सा होता न!
बस प्यार ही प्यार टपकता
दुनिया में ऐसा होता न!

हँस कर बोली माँ सुन मुन्ना
हर गुस्सा, गुस्सा कब होता।
ठीक राह जो गुस्सा लाए
वह प्यार से कम नहीं होता!

मनीष को लगा। जैसे उसे कोई पुकार रहा था। यह तो माँ थी। अरे, तो मैं सो गया था। और सपने की दुनिया में था। जाने कब आँख लग गई थी। माँ ने मुझे जगाया था। परेशान सी माँ कह रही थी- "तुमने खाना भी नहीं खाया। तुम्हारी पसंद का बनाया था। और तुम सो ही गए। क्या अब तक रूठे हो।" माँ ने बहुत प्यार से मनीष के सिर पर हाथ रख बालों को सहलाया। मनीष ने माँ से लिपटते हुए कहा-"माँ मैं जाग गया हूँ। बहुत भूख लगी है। पहला निवाला अपने हाथ से खिलाओ न!"

ज़रूर हँसूँगा

उसने देखा। घर उलटा था। दो बार आँखें मली। देखा। घर उलटा ही था। वह बाहर ही बैठ गया। सोचने लगा। उलटे घर में जाए तो कैसे जाए! घर की छत नीचे होगी और नीचे का फर्श ऊपर। बाथरूम में भी सब गड़बड़ होगा। कमोड हो चाहे वॉश बेसिन, नल हो चाहे शावर, सब उलटे ही होंगे। अब क्या करे वह! पर अच्छा है, घर में कोई नहीं है। नहीं तो वे भी उलटे होते। माँ-पापा दोनों ही तो बाजार गए हैं। बता कर। मंदिर होकर लौटेंगे। यह भी बताया था उसे। खेल के मैदान में। वह भी तो जहाँ भी जाता है बता कर जाता है। माँ को कितना अच्छा लगता है। पापा को भी।

पर पिंकू तो घर में ही होगी। पिंकू। उसे याद आया- हमारी प्यारी बिल्ली। तो क्या वह भी उलटी होगी। टांगें ऊपर को होंगी। चलेगी कैसे! कैसी लगेगी! क्या करूँ! क्या अंदर जाऊँ? पर कैसे? बाहर भी कब तक बैठूँ? यह पेड़ भी क्या सोचेगा। यही सोचेगा न जाने कब पीछा छोड़ेगा मेरा। जम कर ही बैठ गया है। मुझे मालूम है। कभी-कभी हमारे घर भी ऐसे लोग आ जाते हैं। बस बैठे ही रहते हैं। बैठे ही रहते हैं। चाय-नाश्ता हो जाता है, तब भी। हम सोचते ही रह जाते हैं। कब जाएँगे। और हम कब अपना काम कर पाएँगे। उसे अच्छा नहीं लग रहा था। यह सोचकर।

वह फिर सोचने लगा - हमारे घर को भला किसने उलटा किया होगा! आसपास के घर तो सब सीधे ही हैं। किसी के घर जाऊँ क्या। पूछूँ क्या। पर क्या पूछूँगा। क्या बताऊँगा। जानकर कि हमारा घर उलटा हो गया है, हैरान नहीं होंगे क्या वे! शायद हँसें भी। हँसी उड़ाने के लिए। या झूठी हमदर्दी ही दिखाने लगें। उसे याद आया। उसने एक दिन नेकर उलटी पहन ली थी। जल्दी-जल्दी में। गलती से। कितना हँसी थी न मुझे देखकर। फिस-फिस करके। मज़ाक उड़ाते हुए। पड़ोस वाली कबूतरी आंटी। कितना फनी है न उनका नाम। कबूतरी आंटी। अपने नाम पर तो कभी नहीं हँसी होंगी। हँसी तो तोती चाची भी थी। जब उन्होंने मेरे हाथ

में उलटी पुस्तक देखी थी। पता नहीं उलटा-पुलटा देखकर लोगों को हँसी क्यों आती है। पर तोती चाची ने प्यार भी तो किया था। वे हँसी थीं, पर मज़ाक नहीं उड़ाया था। कहा था। पुस्तक सीधी कर लो। अचानक ही उसे याद आया कि उसने भी तो कुछ बच्चों को परेशान देखकर उनकी हँसी उड़ायी थी। आज समझ में आ रहा है। कितनी बुरी बात थी न।

पर वह तो घर के बारे में सोच रहा था। अभी। सोच रहा था- क्या घर में मेरी मेज-कुर्सी भी उलटी हो गई होंगी। उन्हें देखकर क्या मेरी भी हँसी छूट जाएगी? मेरी बेड, मेरी अलमारी, अलमारी में टंगे कपड़े आदि सब उलटे हो गए होंगे। और मैं अगर घर के अंदर गया तो क्या मैं भी उलटा हो जाऊँगा! सिर नीचे। टांगें ऊपर। मुझे तो सोच कर ही हँसी आ रही है। खुद पर। पर हँसी क्यों आ रही है? मैं डर

क्यों नहीं रहा? अरे हाँ, यह भी तो हो सकता है। यही कि मैं, मेज-कुर्सी, अलमारी, अलमारी में टंगे कपड़े, पूसी बिल्ली आदि सब मिलकर हँसने लगें। तो क्या हमारा डर भी उलटा हो जाता है। हमारे उलटा होने पर? और हाँ! याद आया। हमारी घड़ी भी तो उलटी हो गई होगी। तो क्या समय भी उलटा हो गया होगा। वह सोच रहा था। और सोचता ही जा रहा था। लेकिन सोचता भी कब तक।

वह परेशान हो उठा था। कह उठा- उफ क्या करूँ मैं। पता नहीं माँ-पापा कहाँ रह गए। आएँगे तो उन्हें घर के भीतर घुसने से रोकना होगा। कहीं जल्दी-जल्दी में घुस गए तो! नहीं- नहीं। घुस गए तो वे भी तो उलटे हो जाएँगे। मुझे नहीं हँसना उन्हें उलटा देखकर।

पर यह कॉल बेल किसने बजायी है। घर की। और उसे मैं सुन कैसे पा रहा हूँ। मैं तो घर के बाहर हूँ। उसे आश्चर्य हुआ।

अरे! यह क्या? मैं तो घर के भीतर ही हूँ। घर तो कहीं से भी उलटा नहीं है। मैं ही उलटा लेटा हुआ हूँ। मेरी आदत है न उलटा लेट कर सोने की। उसने अपनी हँसी दबा ली थी। पर सोच अब भी रहा था- कितना उलटा हूँ न मैं। माँ भी तो कभी-कभी प्यार से मुझे उलटा कह देती है।

कितना-उलटा-पुलटा सोच रहा था न मैं। पर बताऊँगा किसी को नहीं। जानता हूँ। बताया तो क्या होगा। आपको बता दिया है। पर प्रॉमिस करो आप किसी को बताओगे नहीं। चाहे कोई आपको उलटा ही न कर दे। तब भी। चलो बता भी दिया तो मेरा क्या कर लोगे। किसके बारे में बताओगे? मैंने तो अपना नाम तक नहीं बताया। बताना किसी के भी बारे में। जब सब हँसेगे तो मैं भी ज़रूर हँसूँगा।

मैं लौट आया

लो मैं तो उड़ने ही लगा। और यह क्या! नीचे पानी में यह कौन दिख रहा है? एकदम बड़ा सा पक्षी। पंखों वाला। उड़ यह भी रहा है। मेरे साथ-साथ। कहीं यह मैं ही तो नहीं हूँ। देखो ज़रा। अरे! यह तो मैं ही हूँ। यकीन नहीं हो रहा। मैं पक्षी कैसे बन गया। मेरे पास तो न कोई ऐसी मशीन है जो आदमी को पक्षी बना दे और न ही मुझे जादू आता है।

तुम ज़रूर मेरे बारे में सोच रहे होगे। तुम्हारे लिए जानना ज़रूरी है। मैं कौन हूँ। मै, मैं ही हूँ। भले अपना नाम बताने में मेरी ज़रा भी दिलचस्पी नहीं हूँ। हूँ मैं तुम्हारे जैसा ही। आदमी का बच्चा। तुम जैसा ही। इसी ग्रह

का। किसी दूसरे ग्रह से नहीं आया हूँ। दूसरे ग्रहों की जानकारी ज़रूर है। किताबें जो पढ़ता हूँ। और हाँ। देवेन दा की भी किताबें।

मैं यह सब बातें उड़ते-उड़ते ही कर रहा हूँ। पर एक बात परेशान कर रही है। उड़ते-उड़ते कहीं मैं देश की सीमा के पास पहुँच गया तो! और वहाँ से पार जाकर पड़ोसी देश में जाने का मन हो आया तो! मेरे पास तो न पासपोर्ट है और न वीज़ा लगा है।

पड़ोसी देश को दुश्मन का देश भी तो कहते हैं हमारे बहुत से लोग। किसी दुश्मन ने पकड़ लिया तो क्या होगा! मुझे पकड़ कर जेल में डाल देंगे। जैसा मैंने सुना है। फिल्म में भी देखा है। कहीं मुझे जासूस समझ लिया तो। पता नहीं कैसे-कैसे सताएँगे। बार-बार यही जानना चाहेंगे कि मैं उनकी सीमा में क्यों घुसा?

अगर मैं कहूँगा कि मैं तो आपका देश देखना चाहता था। आपसे प्यार-मुहब्बत की बात करना चाहता था। तो क्या मानेंगे?

पता नहीं दो देशों के बीच दुश्मनी क्यों होती है। सीमा रेखा ही क्यों खींचते हैं। हम एक ही ग्रह पर रहने वाले मनुष्य ही तो हैं।

अरे मुझे एक कविता याद हो आई है। बहुत ही प्यारी है। बिल्कुल हम बच्चों की सच्ची सोच जैसी। कोरियाई है। यून सॉक जूंग की कविता। 'दुनिया का नक्शा', जानना चाहोगे? तो लो पढ़ो।

दुनिया का मानचित्र

घर का काम मिला है मुझको
नक्शे में दुनिया दिखलाऊँ

रात बैठ कर मेहनत की पर
रहा अधूरा क्या बतलाऊँ

देश न हो जो तेरा मेरा
राष्ट्र न हो जो मेरा तेरा
हो बस दुनिया देश बड़ा-सा
तब होगा आसान बनाना
नक्शे में दुनिया बतलाना
(प्यारी सी दुनिया दिखलाना)

है न मज़ेदार कविता? कितना मज़ा आ जाए न, अगर दुनिया के देशों के बीच की सीमा रेखा मिट जाए। कोई रोक-टोक ही नहीं रहेगी।

यह लो! मैं तो सीमा पार कर पड़ोसी देश में ही पहुँच गया हूँ। किसी का भी मेरी तरफ ध्यान नहीं हैं। सबकी बंदूकें वैसी की वैसी हैं। किसी ने भी मेरी ओर मुँह नहीं उठाया। मुझ पंछी के तो बड़े मज़े हैं। सामने वाले पेड़ पर ही बैठ जाता हूँ। पर उसने न बैठने दिया तो? दूसरे देश का समझकर उसने भी दुश्मन मान लिया तो?

लो, इस पर तो फल भी लगे हैं। मुझे भूख भी तो लगी है। खा लेता हूँ। ओह! कितने मज़ेदार हैं। पेड़ को क्या सचमुच नहीं पता चला कि मैं उनके पड़ोसी दुश्मन देश का हूँ? पर मुझे क्या?

बहुत आराम हुआ। अब प्यास भी तो लग चली है। चलो उड़ता हूँ। खोजता हूँ पानी।

वह रहा। वह रही नदी। वह रहा पानी। दुश्मन देश में भी इतनी अच्छी नदी क्यों है? पर मुझे क्या? पी लेता हूँ। पर नदी ने अगर मुझे पहचान लिया तो? अगर जान गई कि मैं दुश्मन देश का हूँ तो पानी पीने देगी क्या? शायद डुबो कर मार ही न दे। पेड़ से तो बच गया था। अब जो भी हो। प्यास लगी है तो पानी तो पीना ही होगा। नदी के पास जाकर।

यह क्या! ऐसा लगा जैसे नदी ने मेरा स्वागत किया हो। जैसे माँ की तरह बोली हो-पिओ! पिओ! जितना चाहे पानी पिओ। कितनी अच्छी

है नदी। मुझे भी नदी और पेड़ जैसा ही होना चाहिए। पता नहीं मैं ऐसा क्यों सोच रहा था।

देखो! देखो! यह भैंस कहाँ चली जा रही है। अपने देश में तो मैंने पक्षियों को भैंस की पीठ पर बैठ कर सवारी करते देखा है। भैंस की पीठ पर तो मैं भी बैठा हूँ। अपने देश में। पर आदमी के बच्चे के रूप में। अब तो मैं पक्षी हूँ। क्या बैठ कर देखूँ? पर दुश्मन देश का समझकर गुस्सा हो गई तो! गुस्सा होने लगी तो उड़ जाऊँगा।

सच कहूँ। दुश्मन देश की यह भैंस भी बहुत अच्छी निकली। देखो कितने प्यार से मुझे अपनी पीठ पर बैठा कर सैर करा रही है।

शाम हो चली है। उधर चाँद भी निकल आया है। बिल्कुल हमारे देश का-सा ही। अब मुझे वापस अपने देश लौटना चाहिए। बाकी किसी और दिन आकर देख लूँगा। तो उड़ता हूँ। लौटने के लिए।

लौट तो आया हूँ पर न पेड़ को भूला हूँ, न नदी को और न ही भैंस को। कितना मज़ा है न, पक्षी बन कर जीने में। दुश्मनी की सब सीमाएँ मिट जाती हैं। सब जगह अपनेपन के बादल छा जाते हैं।

पता नहीं क्यों ऐसा सोच रहा हूँ। हम, न सही पक्षी, पक्षी जैसे ही हो जाएँ। पेड़ों, नदियों और भैंस जैसे हो जाएँ।

यह क्या! यह तो माँ की आवाज़ है। मुझे जगा रही है। तो मैं लौट आया हूँ।

भाड़ में जाए

पूछा तो बहुत प्यार ही से था। मुन्नी से। बहुत उदास जो लग रही थी। बुझी-बुझी सी। एकदम चुपचुप। पहले वाली खिलखिलाहट के बिना। यही तो पूछा था- "क्या हुआ मुन्नी?"

मुन्नी चुप। गुमसुम। एक बार फिर पूछा। वह तो जैसे तैयार ही नहीं थी। कुछ भी बोलने को। बोली- "कुछ नहीं।"

मैंने मुन्नी की मम्मी से पूछा। पता चला मुन्नी का मन स्कूल जाने से भी उखड़ गया था। हर वक्त उदास-सी लगती है। जैसे कुछ करने में मन ही न लगता हो। यह भी बताया कि मुन्नी चाहती ही नहीं कि कोई उससे बात भी करे।

कुछ देर मैं चुप रहा। लेकिन सोचता रहा। विचार आया कि शायद कोरोना का असर हो। कोरोना में ऑनलाइन पढ़ाई होती थी। स्कूल जाने की आदत ही छूट गई हो। पर मुन्नी बहुत बच्ची भी नहीं है। 13-14 वर्ष की उम्र में बच्चा काफी कुछ समझने लगता है। खुद मुन्नी याद कराने में नहीं चूकती। वह अब बड़ी हो गई है। और सब समझती है। सुनकर उसके सामने हँस भी नहीं सकते। हाँ में हाँ मिलाने में ही भला दिखता है।

सोचा मुन्नी की दोस्त से पूछा जाए। शायद वह कारण जानती हो। यह तो पता ही था कि बिन्नी मुन्नी की अच्छी दोस्त है। मुन्नी अक्सर उसके बारे में बताती जो रहती थी। मैंने मुन्नी की मम्मी को यह तरकीब बताई। मुन्नी की मम्मी को थोड़ी तसल्ली हुई। वे स्कूल गयीं और टीचर जी से मिलीं। टीचर जी को सारी बात बताई। टीचर जी तो पहले ही से परेशान थीं। मुन्नी को लेकर। मुन्नी उनकी अच्छी विद्यार्थी जो थी। स्कूल में जब देखो तब उदास ही दिखने लगी थी। ऐसी तो नहीं थी मुन्नी। उन्होंने बिन्नी को अलग से स्टॉफ रूम में बुलाया। एक कोने में। सबसे अलग। मुन्नी की मम्मी भी साथ थी ही।

बिन्नी से बहुत प्यार से पूछा। बिन्नी थोड़ी घबराई। टीचर जी ने बहुत ही प्यार से उसे न डरने के लिए कहा। तब बिन्नी ने धीरे-धीरे बताना शुरु

किया। कहा- टीचर जी मुन्नी हकलाती है न इसलिए। सुनकर टीचर जी तो चौंक ही गई। मुन्नी की मम्मी तो और भी ज्यादा। मुन्नी तो बचपन से ही हकलाती थी। अब तक तो वह खुशी-खुशी ही स्कूल आती-जाती थी। घर में भी खुश रहती। लगा ही नहीं कि कभी वह अपने हकलाने के कारण परेशान दिखी हो।

टीचर जी ने मुन्नी की मम्मी की ओर देखा। मम्मी ने कहा कि हमने तो मुन्नी को कभी कुछ नहीं कहा। उसके हकलाने को लेकर। हमेशा उसे सामान्य बच्ची की ही तरह समझा।

टीचर जी ने बिन्नी को कक्षा में जाने को कहा। मुन्नी की मम्मी से कहा- 'आप चिंता मत कीजिए। मैं मुन्नी से बात करूँगी। कल ही। कुछ कारण तो पता चला। पता लगाऊँगी की अचानक हुआ क्या है। आप, इस बारे में मुन्नी से कोई बात नहीं करना।' मुन्नी की मम्मी धन्यवाद कह कर घर वापस आ गईं। चिंता कुछ कम हुई थी, पर पूरी तरह नहीं।

मैं तो सोच में पड़ गया हूँ। पता नहीं टीचर जी पता लगा पाएँगी कि नहीं। और पता नहीं मुन्नी टीचर जी को क्या बताने वाली है। या पता नहीं मुन्नी टीचर जी को कुछ बताएगी भी कि नहीं। कहीं वह 'कुछ नहीं' कह कर चुप हो गई तो। पर कल तक का इंतज़ार तो करना ही था।

कल को आना ही था। सो आ गया। टीचर जी ने मुन्नी को स्टॉफ रूम के उसी कोने में बुलाया जहाँ बिन्नी से बात की थी। कोने में कोई और जो नहीं होता। मुन्नी चुप। उदास भी। टीचर जी ने बातों-बातों में कहा – 'मुन्नी तुम हमारी बहुत ही लायक विद्यार्थी हो। जानती हो, जब पहले पहल मैंने तुमसे कुछ पूछा था तो तुमने कितना सही उत्तर दिया था। आज भी कुछ पूछूँगी तो क्या सही-सही बताओगी?' मुन्नी ने चुपचाप टीचर जी की ओर देखा। बिना बोले बस गर्दन हिला दी। टीचर जी ने बहुत ही प्यार से मुनिया के सिर पर हाथ रखा। कहा- शाबास! फिर थोड़ा रुक कर पूछा- 'तुम्हारे हकलाने को लेकर किसी टीचर या विद्यार्थी ने कुछ कहा क्या? बिना डरे उसका नाम बताओ। मैं तुम्हारा पूरा साथ दूँगी।' प्रश्न सुनते ही मुन्नी ने टीचर जी की ओर देखा। फिर इधर-उधर देखा। वह और भी ज्यादा उदास दिख रही थी। लगा कि रो ही न दे। टीचर समझ गई थीं। उन्होंने मुनिया का हाथ प्यार से पकड़ा। मुन्नी ने धीरे-धीरे कहा –"टीचर जी क्या मैं अटका ब्रेक हूँ?"

'अटका ब्रेक? क्यों? नहीं, तुम तो मेरी सरपट दौड़ती गाड़ी हो।' – टीचर जी ने बाल सहलाते हुए कहा।

मुन्नी ने बताया- 'गाँव से मेरे चाचा के साथ उनका एक दोस्त भी आया था। मम्मी ने मुझे उनसे मिलवाया। मैंने नमस्ते की। उन्होंने मेरा नाम और स्कूल का नाम पूछा। मैंने बता दिया। वे अजीब-सी हँसी हँसे और कहा-'अरे तुम तो अटका ब्रेक हो।' मैं समझी नहीं। उन्होंने चाचा की ओर देखा और हँसते–हँसते पूछा- 'मुन्नी जन्म से अटका ब्रेक है या बाद में बनी? लगा चाचा भी पहले कुछ नहीं समझे थे। चाचा के दोस्त ने तब कहा -'अरे, यह हकलाती है न, इसीलिए पूछ रहा हूँ। इसे तो हमें मुन्नी नहीं अटका ब्रेक ही कहना चाहिए। कितना मज़ेदार नाम रहेगा न!' चाचा चुप थे। मुझे बहुत बुरा लगा था। उन्होंने मेरा ख़राब मज़ाक उड़ाया था। स्कूल में तो मुझे किसी ने कभी कुछ नहीं कहा था। आज तक। घर पर भी नहीं। चाचा चुपचाप ही रहे। मुझे अंदर दूसरे कमरे में जाने को कहा। मैं चली गई। मैं तो जानती ही नहीं थी कि मैं अटका ब्रेक हूँ टीचर जी। मम्मी-पापा ने भी तो कभी नहीं बताया था। चाचा के दोस्त थे तो मैं चुप रही। अतिथि भी थे सो किसी से कुछ नहीं कहा।"

यह सब बता कर मुन्नी चुप हो गई थी। थोड़ी रुआँसी भी हो रही थी। टीचर जी अब सारी बात समझ गई थीं। उन्होंने मुन्नी से कहा-'देखो मुन्नी तुम्हें बहुत बुरा लगा तो एकदम सही लगा। तुम्हारी जगह मैं होती तो

मुझे भी बुरा लगता। गुस्सा भी आता। क्यों नहीं आता। बुरी बात बुरी ही लगनी चाहिए। गलत बात गलत होती है। पर ज़रा सोचो। जानती हो, बुरी या गलत बात कौन कहेगा? वही जो बुरा या गलत होगा। या जो मूर्ख होगा।'

टीचर जी की बात सुनकर मुन्नी की आँखें कुछ देर को ज़रूर चौंकी थीं लेकिन उसे अच्छा लग रहा था।

टीचर जी ने आगे कहा- 'मैं ज़रूर तुम्हारे मम्मी-पापा को बताऊँगी। तुम्हारे चाचा के दोस्त की करतूत को। तुम्हारे चाचा के दोस्त को समझाने के लिए भी कहूँगी। ज़रूरत पड़ी तो डाँटने को भी। जब तुम्हारे मम्मी-पापा ने कुछ नहीं कहा, तुम्हारे स्कूल में किसी ने कभी कुछ नहीं कहा तो चाचा का दोस्त कौन होता है। जो गलत करे उसे गलत कहना ही चाहिए। चाहे वह कोई भी क्यों न हो।'

टीचर जी का चेहरा थोड़ा तन गया था। मुन्नी को बहुत अच्छा लग रहा था। उसका चेहरा भी कुछ-कुछ तनने लगा था। "और हाँ", टीचर जी ने आगे कहा, उतने ही प्यार से, उतनी ही दृढता से – "हमें तो कभी नहीं लगा कि तुममें कोई कमी है। सारी बात कितने अच्छे से समझा देती हो।

सबकुछ कितनी सहजता से। तुम्हें भी तो कभी नहीं लगा कि तुममें कोई कमी है। फिर दूसरा कौन होता है ऐसा कुछ कहने वाला। और कहता है तो भाड़ में जाए।" टीचर जी ने हाथ मेज पर पटका और हँस पडीं।

आखिरी वाक्य पर तो मुन्नी को भी थोड़ी हँसी आ गई। वह जानती थी कि भाड़ में जाए टीचर जी का तकिया कलाम है। तकिया कलाम यानी कोई बात सही न लगने पर ऐसे वाक्य को बात-बात पर कहना।

टीचर जी ने देखा मुन्नी अब उदास भी नहीं थी और उतनी चुप भी नहीं। उन्होंने मुन्नी की ओर प्रश्न पूछने की मुद्रा में देखा और मुस्कुराते हुए कहा, 'चाचा का दोस्त... भाड़ में जाए', मुन्नी ने पूरा तन कर कहा। और हँस पड़ी।

3

घर पहुँची तो वह बदली-बदली थी। बदली-बदली तो मैं कह रहा हूँ। असल में पहले जैसी हो चली थी। मम्मी ने भी ऐसा ही महसूस किया। पर कुछ पूछने की हिम्मत नहीं हुई। न ही स्कूल के बारे में और न ही टीचर के बारे में। बस इतना ज़रूर कहा- 'ड्रेस बदल लो तो तुम्हारी पसंद का खाना दूँ।' मुन्नी ने बहुत ही शैतानी से मम्मी के ओर देखा और कहा- 'भाड़ में जाए'।

‘ऐं!’-मम्मी के मुँह से निकला। बेचारी सी बन कर कहा– “मैंने तुम्हारे मन पसंद की बिरयानी बनाई है, इतनी मेहनत करके, कैसी बेटी हो, कह रही हो भाड़ में जाए।’

मुन्नी को तो हँसी ही आ गई। वह भी ज़ोर से। बोली- ‘मम्मी बिरयानी नहीं, चाचा का दोस्त भाड़ में जाए।’

मम्मी फिर कुछ नहीं समझी। फिर भी चुप रही। सोचा जाकर टीचर जी से ही पूछ लूँगी। उन्हें तो मुन्नी के चेहरे पर बह रही हँसी की नदी में ही डूबे रहना था। हाँ, भले ही कुछ न समझी हों पर यह कहना वे भी नहीं भूलीं –‘भाड़ में जाए।’